अलविदा

तुर्किया

सन्मति पब्लिशर्स एण्ड डिस्ट्रीब्यूटर्स

ISBN: 978-93-883651-1-6

प्रकाशक
सन्मति पब्लिशर्स एण्ड डिस्ट्रीब्यूटर्स
बी–347, संजय विहार,
मेरठ रोड, हापुड़–245101 (उ0प्र0)
website : www.sanmatiindia.com
email: sanmati555@gmail.com
मो. 8439645104, 09997184964

प्रथम संस्करण: 2019

आवरण
RETROTEK

अपनी बात

मेरी जिंदगी में खूबसूरत लम्हें देने के लिए तुम्हारा शुक्रिया हो,
मेरी ग़ज़लों को ग़म देने के लिए तुम्हारा शुक्रिया हो।

ये मेरी पहली किताब हैं। किताब में कुछ स्वाभाविक गलतियाँ हो सकती है, जिनके लिये मुझे आपसे मुकम्मल माफी की चाहत है। और गर आपको ग़ज़लों में जॉन एलिया, अहमद फराज, मजाज या गुलजार साहब से कही मिलता जुलता सा ही अंदाज मिले, तो ये मेरी खुशनसीबी होगी क्योंकि मुझे लगता हैं कि मैंने अपनी शायरी इन्हीं सभी की लेखनी से सीखने की गुस्ताख़ी की हैं।

मैं उन सभी लोगों का भी शुक्रिया अदा करता हूँ जिन्होनें मेरी किताब **'अलविदा'** में मेरी हरसंभव मदद की और उनको भी जिन्होनें मुझे किताब के लिए प्रोसाहित किया।

किताब में मुझे मदद करने वालो के नाम याद नहीं क्योंकि बहुत सारे हैं, उनमें से कुछ नाम सुशीला भाटिया मैम, मेरा परिवार, मेरे दोस्त (सिद्धान्त सोमिया, अभय, ठाकुर साहिब (संकल्प), आजाद, रिया, चेतना, शुभम, और मेरे पब्लिशर निशांत सर), आप सभी लोगों का शुक्रिया और किसी शख़्स का नाम गर मैं भूल गया हूँ तो मुझे माफ करना मेरे दोस्तों.....

आप सभी की प्रतिक्रियाओं के इंतज़ार में.....

– तुर्किया

भूमिका

शिवम (तुर्किया) की ग़ज़लों व कविताओं से सुसज्जित अलविदा को हाथ में लेकर मैं हतप्रभ हूँ। मेरी कक्षा का एक सामान्य विधार्थी साहित्य की इतनी समझ रखता है व शब्दों की इतनी अच्छी प्रस्तुति कर पाता है, यह जान कर मेरा हृदय प्रफुल्लित हो उठा है। अलविदा के पन्नों को पलटते हुए एक ओर तो तुर्किया सीधी बात कहना चाहता है जैसे :–

हुई दिल से दिल की जुदाई तो आँख भर आई
दिल में एक खामोशी सी छाई तो आँख भर आई।

वही दूसरी ओर गहरी विरह वेदना भी है :–

अब तो मुलाकाते इत्तफाकन ही हो गई
शायद, तुम भी थक गए हो।

तुर्किया की कविताएँ प्रियतम की विरह के अलावा भी बहुत कुछ कहती है। उसमें बीते हुए समय की सादगी का अहसास भी है व वर्तमान की दौड़ती व्यर्थ जिंदगी का अफसोस भी :–

हमारा घर बेहद बड़ा था,
एक मोमजामा और दो बरतन से सजा था,
मेरा बचपन मेरे बटपम में ही खो गया,
जिंदगी का सारा मजा
सिग्नल की RED LIGHT सा हो गया।

अच्छी कविताएँ व अच्छी समझ के साथ तुर्किया ने राजनीति व धर्म पर होने वाले बँटवारे और कश्मीर की समस्या को भी छुआ है।

'अलविदा' के प्रकाशन के शुभ अवसर पर मेरी बहुत सी शुभकामनाएँ व ईश्वर से प्रार्थना है कि तुर्किया की लेखनी हिन्दी, उर्दू पढ़ने वालो की निगाह में मील का पत्थर साबित हो।

शुभकामनाओं सहित

–सुशीला भाटिया
रिटायर हिन्दी अध्यापिका

अनुक्रमिका

तेरी यादों की रातों में, और क्या होता हैं,
मेरे ठंडे चेहरे पर, इक गर्म आँसू बहता है।

1

एक शख़्स की याद में, और कितनी रात मुझे जगाएगा
एक शख़्स की याद में, और कितनी रात मुझे पिलाएगा।

वो हिज्र–ए–रात[1] की दास्तां मुझे लब्ज–ब–लब्ज[2] मेरी जबां पर है
तू मुझे बता हिज्र–ए–रात की दास्तां मुझे और कितनी दफे सुनाएगा।

तू किसी मुलाकात–ए–तमन्ना[3] में एक ही राह पर फिरता है
मेरे दोस्त तुझे, तेरी तन्हाई के अलावा कोई ना मिलने आएगा।

जब भी वक़्त मिले, मिलो यार यारों से
मालूम नहीं, कौन यार कब किससे बिछड़ जाएगा।

तेरी नज़र अभी भी दर पर है 'तुर्किया',
क्या मेरे अलावा और भी कोई महफ़िल में आएगा।

1. जुदाई की रात, 2. शब्द–ब–शब्द, 3. मिलने की आक्षांश

हम कितने कम्बख़त हैं,
तेरी याद से, हम उदास हो जाते हैं।

2

ये जो ख़त में छिपकर आया है, ये प्यार किसका है,
जो तुम अक्सर सुनाती हो, वो अशआर[1] किसका है?

ये तो ज़मीन हारने वालों की है,
फिर ये जीत–ए–मीनार[2] किसका है?

जो भी मुझे जानता है, वो तो मेरे करीब ही है
फिर ये बेनाम तार किसका है?

कब तलक अकेली बैठी रहोगी यहाँ पर
बोलो ना इंतज़ार किसका है?

ये तो सरज़मीन–ए–मुकम्मल–मोहब्बत[3] वालों की है
फिर ये अकेला मज़ार[4] किसका है?

ये शख़्स हर नुकसान के बाद भी
फ़ायदे में रहता है, ये साझेदार किसका है?

उसका रब्त[5] सभी से रकीबों[6] वाला था
'तुर्किया' फिर ये यार किसका है?

1. शेर का पुल्लिंग, 2. जीत का मीनार, 3. वो जमीन जहाँ पर सभी की मोहब्बत पूरी होती हो, 4. कब्र, 5. रिश्ता, 6. दुश्मनी

कल रात मुझे नींद आई ही नहीं,
लगा कोई अपना सिर्फ़ करवटें बदल रहा था।

3

किसी से मोहब्बत करे एक अरसा–सा बीत गया है,
किसी से झूठ बोले, एक अरसा सा बीत गया है।

मेरे जज़्बातों के सहारा[1] पर,
कोई फूल खिले, एक अरसा सा बीत गया है।

वक़्त तो रोज़ ही काटता हूँ मैं,
किसी के साथ वक़्त बिताए, एक अरसा सा बीत गया है।

गुस्ताख़ियों[2] की माफ़ी तो कब की मिल गई,
पर तुझसे नज़रें मिलाए, एक अरसा सा बीत गया है।

अब लोग याद करने पर याद आते हैं,
कोई चेहरा–ए–ज़हन में बिठाए, एक अरसा सा बीत गया है।

किसी की ख़ैरो–ख़ब्र[3] ही नहीं मुझे,
कोई रब्त[4] निभाए, एक अरसा सा बीत गया है।

तेरी राहों मे बैठे–बैठे, तेरा इंतज़ार करते–करते,
अपना घर देखे, एक अरसा सा बीत गया है।

सच तो ये है, हम दोनों ही मसलूफ़[4] हैं,
मोहब्बत के लिए वक़्त निकाले, एक अरसा सा बीत गया है।

कभी खुदा भी हुआ करता था मुझ पर मेहरबां,
अब तो तेरा रूप–ए–नूर[5] देखे, एक अरसा सा बीत गया है।

अब और क्या लिखूँ 'तुर्किया',
उस पर कोई अशआर[3] लिखे, एक अरसा सा बीत गया है।

1. रेगिस्तान, 2. गलतियों, 3. सूचना, 4. रिश्ता, 4. व्यस्त, 5. खूबसूसत चेहरा, 6. शेर का बहुवचन

तेरे फ़िराक[1] में जाने–जा हम क्या से क्या हो गया,
कुछ उम्र थी हमारी, कुछ उम्र से पहले जवां हो गए।

1. जुदाई

4

इक दिन हम भी जहां से चले–जाएगें,
इक दिन तुम हमसे, हम तुमसे बिछड़–जाऐंगे।

ये तो कहानी की शुरुआत है,
आखिर में सभी किरदार सुधर जाऐंगे।

ये ही तो खुशी की बात हैं जाना,
तुझसे बिछड़े, तो हम मर जाऐंगे।

कभी तो मेरी तरफ़दारी मे भी बोल
हम ज़माने से भी लड़ जाऐंगें।

तुम्हें इस शब–ए–सैहर[1] से तकलीफ़ हैं,
हम इस कमबख़्त सूरज को निगल जाऐंगें।

एक ही तो आसरा था हमारा
अब तुम्हारे दिल–ए–हुजरें[2] में हमारी जगह नहीं, हम किधर जाऐंगें।

अपने फैसले पर कभी अफ़सोस ना करना,
हम भी धीरे–धीरे, जैसे–तैसे संभल–जाऐंगें।

मैं अपनी दिल–ए–तकलीफ़[3] का लहू थूक रहा हूँ,
अब सभी वाह–वाही कर, अपने अपने घर–जाऐंगें।

तुझको पसंद नहीं, मेरा महफ़िलों में आना
लो फ़िर हम अपनी महफ़िल से ही निकल–जाऐंगें।

ये जो तुम हमारी गलतियों पर मुस्कुरा देती हो,
ऐसा मत करो हम बिगड़ जाऐंगें।

एक ही तो यार है, जो हमे समझता है 'तुर्किया',
तेरे जाने के बाद, हम अपने अंदर के ही रह जाऐंगें।

1. रात की सुबह, 2. दिल की कठोरी, 3. दिल की तकलीफ

कितनी बेचैनी हैं, कितनी बेबसी हैं,
जितने ज़ोरों से दिल रोये, उतनी चेहरे पर ख़ामोशी हैं।

5

चलो उसके शहर की रोनकों[1] में जा कर देखते हैं,
चलो उन रोनकों में खुद को भिगा कर देखते हैं।

सुना है, उसके शहर से कोई खाली हाथ नहीं जाता,
चलो उसके शहर से कुछ मंगवा कर देखते हैं।

मेरे यार का शहर रात में भी दिन–सा दमकता है
चलो उसके शहर में आज चौंधिया[2] कर देखते है।

उसके शहर में कब से जी रहें हैं
चलो अब उसके शहर में जां गवां कर देखते है।

उसके शहर का जो हुआ, वो उसका हो गया,
चलो अब उसके शहर से रिश्ता निभा कर देखते है।

सुना है, उसका शहर रहीसों[3] का शहर है,
चलो 'तुर्किया' उसके शहर से उसी को चुरा कर देखता हैं।

1. चमक–दमक, 2. जब सूरज की रौशनी से कुछ नहीं दिखता, 3. अमीर

तुझे खोने का डर इतना था कि,
तुझे पाने की ख्वाहिश ही ना की।

6

अपनी नज़रों को मेरी नज़रों से मिला और फ़िर चुरा ले,
कुछ शरमा, कुछ आहें भर और फ़िर इन्हें भी चुरा ले।

तेरी अदाएं बेहद कातिलाना हैं, इन का इस्तमाल कम किया कर,
मैं तो घायल ही हूँ, बाकी जहां को तो इनसे बचा ले।

मैं तो अपनी दुनिया में रहता हूँ, मैं तो बर्बाद हूँ,
तू बात मान मेरी किसी और का घर सजा ले।

बहुत दिनों से बेचैन हूँ, बेहद रातों से सोया नहीं,
तू एक काम कर अपने कसबाहों[1] में मुझे सुला ले।

मेरे राज़ बेहद हैं मुझसे संभाले नहीं संभलतें,
थोड़े मैं छुपा लूं, थोड़े तू छुपा ले।

ये रात कभी ख़त्म ही ना हो,
यूहीं मै हरबार तेरी जुल्फ सुलझाऊँ, तू फिर इन्हें उलझा ले।

मैं दर्द से झटपटा रहा हूँ, मेरी नज़रें सूख गई हैं,
मेरा सर अपनी गोद में रख, मुझे थोड़ा रुला ले।

तू भी बेहद नासमझ है, 'तुर्किया',
जहां भर को मोहब्बत समझाने चला, खुद को तो मोहब्बत समझा ले।

1. महबूब की बाहें

वस्ल[1] का तोहफा दे क्या तुझको,
सोचता हूँ, भूला दे क्या तुझको?

1. मिलने

7

कभी वक़्त निकालकर हमसे भी मुलाकातें कर लो,
कभी वक़्त निकाल कर हमसे भी दो–चार बातें कर लो।

इक शाम ढ़ली, कि तू ना था मेरे करीब,
इस शाम कोई तो हमसे बातें कर लो।

इन बरसातों में दिल–ए–आग[1] और जले और बढ़े,
ऐ खुदा इससे बेहतर है, कि पानी की जगह आग की बरसाते कर लो।

मुझे भूला दो मेरी जाना,
ये काम भी जाते–जाते कर लो।

पुराने काम में तो बहुत नुकसान हुआ 'तुर्किया',
चलो अब नए बही–खातें[2] कर लो।

1. दिल की आग, 2. हिसाब की किताबें

ये मोहब्बत भी क्या लाईलाज रोग हैं, 'तुर्किया'
जिसको लगे कब्र तक पीछा ना छोड़े।

8

इक ख़्याल[1] जो तेरा था, वो अब आता नहीं,
एक ही तो तन्हाई का दोस्त था, वो अब आता नहीं।

साल–हा–साल[2] बीत गए, बस बैठे–बैठे,
वस्ल[3] का वक़्त था, वो अब आता नहीं।

एक उम्र जैसे–तैसे हमने भी गुज़ार दी,
इक पल गुज़ार ने का जज़्बा[4], वो अब आता नहीं।

कोई अगर पूछने आए, तो बता देना मेरा पता,
पर जो मुझे पूछने आता था, वो अब आता नहीं।

अब क्या लिखूं कुछ समझ नहीं आता,
इक ख़्याल जो उसका था, वो अब आता नहीं।

1. सपना, 2. साल के साल, 3. मिलने, 4. हिम्मत

आज फिर बुझते, तमन्ना–ए–मिलान[1] के चिराग नज़र आये,
आज फिर हम तैयार होकर, बदसूरत से नज़र आये।

1. मिलने के इच्छा

9

कुछ देर बैठ जाओ, शायद अभी आ रहा है कोई,
तुम क्यूँ रूठी हो, मान भी जाओ, तुम्हें मना रहा है कोई।

मगरूर[1] लोगों मान जाओ, शोर ना मचाओ
अपने बच्चे को सुला रहा है कोई।

आखिरी वक़्त है, मिल लो मुझसे
मुझमें से जा रहा है कोई।

चलो अब आँखे मूंद[2] ही लेते हैं,
इतने प्यार से लोरी गा रहा है कोई।

अब तो तेरे कोई करीब भी नहीं,
क्या अब भी रुला रहा है कोई।

क्या इक बार फिर मिल सकते हैं,
तुझे दिल से बुला रहा है कोई।

अब सोचता हूँ, कि मर ही जाते हैं 'तुर्किया',
इतनी शिद्दत[3] से मेरी मौत की साज़िश बना रहा है कोई।

1. घमंडी, 2. बंद करना, 3. द्रढ़ता

साँसे लेता रहा
दिल धड़कता रहा
दिमाक सोचता रहा
हाथ–पाव चलते रहे
बस...
मैं मरा हुआ हूँ.....

10

एक बार फिर मुलाकात करने के लिए ही आ,
एक बार फिर मिलकर बिछड़ने के लिए ही आ।

अब तो आल्म[1] है, उदासी, बेबसी, बर्बादी का,
तू इस आल्म पर हँसने के लिए ही आ।

अब तो पुराने सारे ग़मों[2] की टीस[3] कम हो गई,
तू इक और नया ग़म देने के लिए ही आ।

तुझे शायद मुझ पर भरोसा नहीं,
तो तू मुझे आज़माने के लिए ही आ।

इक कर्म कर दे, मुझ पर मेरी जां,
मेरे ज़ख़्मों को जलाने के लिए ही आ।

मेरी आँखे अब पत्थर मे तब्दील[4] हो रही हैं,
तू मुझे यूहीं, रुलाने के लिए ही आ।

मैं वहीं बैठा हूँ, जहाँ इज़हार–ए–मोहब्बत[5] की थी,
इक बार फिर 'तुर्किया' से बिछड़ने के लिए ही आ।

1. वक्त, 2. दुख, 3. चुंबन, 4. बदलना, 5. अपनी मोहब्बत को बताना

सारे जहां से मैं कुछ खुशियों के पल चुरा लूँ,
सारा जहां मुझसे भी कुछ ग़म के पल चुरा ले।

11

किसी के आने का ख़्याल[1] है क्या?
किसी से ना मिलने का मलाल[2] है क्या?

किसके इंतज़ार में बैठे हो,
अभी वस्ल[3] की राहत में बचा साल है क्या?

तुम चंद कदमों की दूरी पर हो, और मैं मिल भी नहीं सकता
इस ज़्याद बेबसी का कोई और भी हाल है क्या?

जब भी तुम मुस्कुरा देती हो, मैं भी मुस्कुरा देता हूँ,
ये कोई तुम्हारी जादूगरी, कोई तुम्हारा कमाल है क्या?

तुम उसके सभी सवालों के जवाब जानते हो,
'तुर्किया' क्यूँ चुप खड़े हो, उसने पूछ लिया कोई नया सवाल है क्या?

1. सपना, 2. अफ़सोस, 3. मिलने

तू सावल मत कर, ये महफ़िल सदमे मे आ जाएगी,
गर मैंनें जवाब दे दिया तो तू परेशां हो जाएगी।

12

आज मैं खुद पर इक सितम[1] करके आया,
आज तेरी याद में, मैं निकल खुद से आया।

तेरे चाहने वाले बहुत है, मेरी जां,
तेरे चाहने वालो को, मैं ज़हर दे आया।

अब कोई मुझे बतला दे मैं कैसा दिखता हूँ?
अपने घर के तमाम आईने तोड़ मैं आया।

मैं अब तुझसे दिल से मिलूं भी तो कैसे मिलूं,
मैं अपना दिल तुझको कबका दे आया।

तुम भी मुझे बेहद चाहती हो बस बतलाती नहीं,
मेरे गुमान[2] मे ख़्याल[3] कैसा ये आया।

सब कुछ मेरा, सारे ग़म मेरे ही सही,
ऐसे ही मैं उसे खुशियाँ तो दे पाया।

यूहीं उसकी यादों में वक़्त बिता देता हूँ,
ऐसा है, तो ऐसे ही उसका साथ तो मैंने पाया।

अब क्या सही, क्या गलत इसे मुझे क्या 'तुर्किया',
वो नहीं तो मैं अपने ख्वाब[4] भी अपने अगियार[5] को दे आया।

1. जुल्म, 2. भ्रम, 3. सपना. 4 सपने, 5. दुश्मन

मैं तो इतना अजीब हूँ, कि इतना,
जो मेरा था भी नहीं, मैं उसका भी शोक बनाता रहा।

13

अब मैं तुम्हारे दिल से जा चुका,
कोई खुश नसीब तुम्हारे दिल में आ चुका।

बेहद देर कर दी आने में जाना,
अब तो मैं खुद का फातियाँ[1] भी पढ़वा चुका।

तुम मेरे पास आकर क्या ढूंढ रही हो,
मैं अपना ग़म–ए–कश कब का धुएँ में उड़ा चुका।

तुम्हें अब मुझसे मिलने की तमन्ना है,
माफ़ करना मैं खुद, इस कमबख़त को कबका मरवा चुका।

तुम कितनी हसीन हो कि अब क्या कहूँ,
तुम्हारे हुस्न पर, मैं 'तुर्किया' से किताब भी लिखवा चुका।

1. **किसी की मौत पर पढ़ी जाने वाली दुआ**

दिल–ए–बैचेनी की वजह क्या हैं,
मोहब्बत की ये, सज़ा क्या हैं?

14

तुझसे मिलने की चाह में दिल पागल है,
तुझे खोने के खौफ[1] मे दिल पागल है।

इक ख़्याल[2] है जिसकी चाह में ज़िंदगी चल रही है,
ख़्याल मुकम्मल[3] होने के डर से दिल पागल है।

ब–गैर[4] इज़हार–ए–मोहब्बत[5] के तुम भी खुश थे हम भी खुश थे
अब ये जबाब के इंतज़ार में दिल पागल है।

तुम कितनी खुश रहती हो,
तुम्हारी खुशियो में, ये दिल पागल है।

ये बड़ी–बड़ी आँखे, ये हिलकोरो भरी मुस्कुराहट, ये सबीना बचपना,
इन सब पर दिल पागल है, तुझपर ये दिल पागल है।

1. डर, 2. सपना, 3. पूरा होना, 4. बिना, 5. अपनी मोहब्बत बताना

ऐ हवा तू भी अब बेचैन दिल को सुकूं न लेने देना,
हर हरकत पर लगता हैं कि वो आ गया हैं।

15

बहुत दिनों से मैंने कुछ लिखा नहीं,
बहुत दिनों से, मैं किसी से मिला नहीं।

तुम्हारी जुदाई कितनी अच्छी है, मेरे दुश्मनों के लिए
अब मेरा किसी–से कोई गिला[1] नहीं।

मेरी मौत के बाद, वो गुलाबी दुपट्टा मुझे दे देना,
मेरे पास मौत के बाद का कबा[2] नहीं।

पता नहीं क्यूं इस घर मे अब दम घुटता है,
क्या कब इस घर में हवा नहीं।

ये दिल–ए–तकलीफ़ से राते कटती नहीं,
क्या इस दिल–ए–तकलीफ़[3] की कोई दवा नहीं।

मोहब्बत, तुम छोड़ ही दो 'तुर्किया',
इस की राहों में, नफा[4] नहीं।

1. नराज़गी 2. मेहबूब का लिबास 3. दिल की तकलीफ 4. फ़ायदा

अब इसे ज्यादा क्या सितम कर सकता हूँ, खुद ही मैं,
तू सामने खड़ी हैं पर बात नहीं कर सकता हूँ, बेख़ुदी में।

16

मेरे अशआर[1] को तुम अपनी तन्हाईयों में गुनगुनाती होगी,
अपनी तन्हाई को तुम ख़ुद ही भड़ाती होगी।

कभी वो हमसे बात भी नहीं करती थी,
अब तो वो बात करने के लिए, तरस जाती होगी।

हम तुझे इतने याद आते हो गए,
तू हमें रोज़ रात भुलाती होगी।

किसी शख़्स से मेरा नाम सुनकर,
तू तो और परेशां हो जाती होगी।

उसके पास एक ही फन[2] होगा और वो ये,
कि मुझसे वो अपनी सारी बातें मनवाती होगी।

मैं अकेली रातों में तेरी यादें ओड़ सो जाता हूँ
तू भी यूहीं रातों में मुझे ओड़ सो जाती होगी।

क्या 'तुर्किया' उसे गुफ्तगू[3] ना करके उसे भुला दो गए
अब तो वो तुम्हारे ख्वाबों में आती होगी।

1. शेर का बहुवचन 2. हुनर, कला 3. वार्तालाप

गर मोहब्बत इतनी आसान होती, तो क्या बात थी,
तेरे दिल–ए–सुख़न[1], मेरे दिल–ए–सुख़न होती तो क्या बात थी।

1. दिल की बातें

17

जो भी मेरा हैं, वो सब आपका ही हैं,
मेरी खुशियों का सारा सबब, आपका ही हैं।

माना की मैं तेरी यादों का भी ना था कभी,
मगर मेरे ज़हन[1] मे एक ख्वाब, आपका ही हैं।

शख्स तो बेहद हैं, मेरी खैरो–खबर[2] वाले,
मगर हमें एतबाब[3] आपका ही हैं।

सारे ग़म मेरे ही सही, ये कबूल है हमको
मगर सिर्फ़ खुशियों का नसीब आपका ही हैं।

माना मोहब्बत करने वाले बहुत है इस जहां में,
मगर 'तुर्किया' सा सिर्फ़ महबूब आपका ही हैं।

1. दिमाग में 2. सूचना 3. यकीन

इक रात मैंने भी सोचा था कि गुज़ार ली जाए तेरे बिना ज़िंदगी,
बस इसी ख़्याल में हमनें पूरी ज़िंदगी गुज़ार दी।

18

आज बेहद दिनों बाद तेरी याद भी आई,
आज बेहद दिनों बाद आँखों में नमी भी आई।

तेरे रहने पर ये दिल भी रोशन था
तेरे जाने के बाद इस दिल में शाम भी आई,
दिल में रात भी आई।

जब तुम हँसती हो, तो हिलकोरे पड़ते हैं,
आज फ़िर इन्हें देखने पर मेरे दिल को साँस भी आई
मेरे दिल को जां भी आई।

मैं माफी चाहता हूँ, आपने इज़हार–ए–मोहब्बत पर, कि
मेरे इज़हार–ए–मोहब्बत से तुझे फैसला करने की नौबत सी आई।

तेरी रुह जहन्नुम पहुँचेगी 'तुर्किया',
उसकी रुह जन्नत पहुँची ऐसी मुझे खबर भी आई।

तेरी याद में तड़पते–तड़पते कही बेवफ़ा ना हो जाऊँ,
तुम कभी ख़ुद से ही मेरी खबर भी ले लिया करो
कहीं मैं भी तुझसे खफ़ा ना हो जाऊँ।

19

क्यूँ अकेली बैठी हो इन लोगों के हुजूम में,
क्या तुम भी दिल खो बैठी हो इन लोगों के हुजूम में।

मेरा घर जला तो सभी की जबां पर आबले[1] पड़े थे,
शायद तेरे घर का भी ज़िक्र हुआ हो इन लोगों के हुजूम में।

एक अजीब सी खामोशी का ज़िक्र किया था तुम ने कभी,
आज उस खामोशी का एहसास कर रहा हूँ इन लोगों के हुजूम में।

ख़ुद से बिछड़े जमाने बीत गये
कब से ख़ुद ही को तलाश रहा हूं इन लोगों के हुजूम में।

एक ही इंसान था, जो तुम्हें चाहता था,
क्या उसे भी खो बैठी हो इन लोगों के हुजूम में।

क्यूँ तू दिल–ए–तलाश में हैं 'तुर्किया',
यहाँ सभी दिल–ए–पत्थर हैं, इन लोगों के हुजूम में।

1. छाले

इक शख़्स हैं, जिसे मिलने की तमन्ना हैं मुझे,
इक शख़्स हैं, जिसने अभी जाना हैं मुझे।

20

रफ़्ता–रफ़्ता तुझसे दूर जा रहा हूँ,
रफ़्ता–रफ़्ता मैं ख़ुद–ब–ख़ुद बिखरता जा रहा हूँ।

रफ़्ता–रफ़्ता तू मसरूफ़ होती जा रही है,
रफ़्ता–रफ़्ता मैं अकेला पड़ता जा रहा हूँ।

रफ़्ता–रफ़्ता तू मेरा ख़ुदा हो रहा है,
रफ़्ता–रफ़्ता मैं आयतें पढ़ता जा रहा हूँ।

रफ़्ता–रफ़्ता तू ज़हर पीती जा रही है,
रफ़्ता–रफ़्ता मैं भी मरता जा रहा हूँ।

रफ़्ता–रफ़्ता 'तुर्किया' तू उसमें तब्दील होता जा रहा है,
रफ़्ता–रफ़्ता वो मेरी महफ़िलें संभालता जा रहा है।

कोई दिनों से ग़म की भूख थी मुझे,
इक दिन मैंनें अपने ही दिल को खा लिया।

21

जब दुआ में हाथ उठे तो सिर्फ़ तेरा नाम ही क्यूँ आया,
जब तेरे बर्बाद आशिकों का ज़िक्र हुआ तो सिर्फ़ मेरा नाम ही क्यूँ आया?

जब ज़िक्र हुआ इस जहां में सबसे हसीन शख़्स का,
पूरे जहां से सिर्फ़ तेरा ही नाम क्यूँ आया?

तुझे तो सब ही जानते है, पर जब किसी ओर की जबां से
तेरे अफ़साने सुनने थे
तो सिर्फ़ सबकी जबां पर मेरा ही नाम क्यूँ आया?

इतना भी अपने हुस्न पर गुरूर ना कर, ए–हसीं
जब ये हुस्न ढ़ला तो किसी भी यार तुझे खत भी क्यूँ ना आया?

और भी तो तरीके थे ग़म पाने के 'तुर्किया',
पर तेरे जहन में सिर्फ मोहब्बत का ही नाम क्यूँ आया?

हम शायरों की जमात, कितनी कमबख़्त जमात हैं,
हम अपने जख़्म बेचकर, निवाले तोड़ते हैं।

22

आज–कल रातों में, मैं गुम रहा करता हूँ,
आज–कल मैं तेरे कूचे से गुज़रा करता हूँ।

तुम भी कभी खिड़की से नीचे देखा करो,
तेरी चौखट पर पड़ा तेरे दीदार की फरियाद करता हूँ।

दिन में नहीं तो रात में चुपके से आया,
रात में मैं तेरे कूचे–ए–फकीर[1] के साथ रहा करता हूँ।

रातों में अब मैं सोया नहीं करता,
मैं वस्ल[2] के ख़्यालों में खोया रहा करता हूँ।

उसके आने का यकीन ही ना था 'तुर्किया',
वो सच मे आई थी, या मैं अब तेरे ख़्वाब देखा करता हूँ।

1. मौहल्ले के फकीर 2. मिलने

हमारे चहरे पर मुस्कुराहट का सबब हमें मिल गया,
तुझसे जुदाई ही सही, हमें तुझसे कुछ तो मिल गया।

23

हल्की–हल्की सी ओस हैं, तेरे होठों पर,
हल्की–हल्की सी प्यास हैं, मेरी आँखों में।

हल्की–हल्की सी खामोशियाँ है, तेरी जबां पर,
हल्का–हल्का सा शोर है, अभी इस जहां में।

हल्की–हल्की सी हवा है, फिज़ा में,
हल्की–हल्की सी उमस है, बदन में।

हल्की–हल्की ठंड बढ़ रही है,
हल्के–हल्के हम पिघल रहे है।

हल्की–हल्की सी अभी आँखों में नींद है,
हल्का–हल्का सा अभी मुझे होश है।

हल्के–हल्के तेरे बाल उलझ रहे है,
हल्के–हल्के हमारे रिश्ते सुलझ रहे है।

हल्की–हल्की मेरी सांसे चल रही है,
हल्की–हल्की मुझे मौत आ रही है।

हल्की–हल्की मुझे मोहब्बत हो रही है 'तुर्किया',
हल्की–हल्की मुझे ख़ुद से नफ़रत हो रही है।

कभी वक्त निकालकर आ जाया करो यूहीं राहों पर,
क्योंकि तुम्हारे चाहने वाले, आवारा हो गये हैं।

24

बहुत दिन से तुझे ख्वाबों में नहीं सजाया,
बहुत दिन से तुझे हमनें अपना नहीं बनाया।

बहुत याद करने पर तेरा नक्श–ए–रुप[1] याद आया,
फिर मुलाकात की, गुफ्तगु की, पर आपने अपना नाम नहीं बताया।

तेरी यही अदा हमें पसन्द थी, और नागावार भी,
तुमने आपना कोई राज़ किसी से नहीं छिपाया।

तुझे मेरा कोई पता नहीं, मुझे तेरा कोई पता नहीं,
फ़िर ये मुझे किसका मोहब्बत का खत आया?

जब तेरा और उसका कोई रब्त[2] ही नहीं 'तुर्किया',
क्यूँ उसकी तकलीफ़ में तेरी आँखों से आँसू आया?

1. चेहरा 2. रिश्ता

इस दफ़ा जो तुझसे, हम मिले तो कुछ ऐसे मिले,
जैसे ज़िस्म से, क़बा[1] मिले।

1. लिब्ज

25

हर रोज़ ये नए चेहरे है गिनता,
उन चेहरों में तेरे सा कोई ना है मिलता।

कितने खुश है वो लोग जो तेरे साथ हैं,
तेरा साथ सिर्फ़ हमी को ना मिलता।

मैं छिपा हूँ इक कबूतर की तरह इस उम्मीद में,
कि शायद कोई तो हमें है ढूंढ़ता।

कितने रोज़ बीत गए, तुझसे ना मिले,
मेरे भीतर इक इन्सान है, जो तेरी ही हर खबर मुझसे है पूछता।

एक शेर भी ना लिख पाया अपने लिए मैं,
लोग कहते है कि मेरा चेहरा अब कुछ तुझ–सा है दिखता।

इस जहाँ में सिर्फ़ तू ही नहीं हैं हसीं,
पर फिर भी नाजाने क्यूँ, ये दिल तुझ पर ही आकर है रुकता।

मेरी महफ़िल में इस जहाँ के सभी फ़नकार है,
तेरे बिना इस महफ़िल में मुझे सब है खलता।

कितने बदनसीब है वो लोग,
जो तेरी बुराई मुझसे आकर है करता।

मैंने तो रुख़सत ले ली है तेरे जहाँ से, पर इक सवाल था,
अब मुझे कोसने के अलावा तू और क्या–क्या है करता।

अब और मैं ना लिख पाऊँगा 'तुर्किया',
ये दिल–ए–घाव बेहद है दुखता।

ऐ ख़ुदा तू भी कैसा, कमबख़्त हैं यार,
मेरे मेहबूब सा, सिर्फ़ इक ही इंसां क्यूँ बनाया?

26

तन्हा सफ़र में, तेरी याद आती है,
अकेली रातों में, तेरी याद आती है।

मेरा काम ही मेरा दुश्मन है अब तो,
अब तो लिखने में, तेरी याद आती है।

अब तेरे किसी दोस्त से नहीं मिलता मैं,
उनकी बातों में, तेरी याद आती है।

अब मैं जंगली सा फिरता हूँ,
क्योंकि सजने में, तेरी याद आती है।

तेरे ख़यालों से रुख़सत भी कैसे लूं,
तुझे भुलाने में तेरी याद आती है।

बाहर बरसात हो रही है,
बरसातों में, तेरी याद आती है।

तेरे कुछ बेहद मनपसंद शायर हैं,
'ठाकुर' को पढ़ने से, तेरी याद आती है।

दिल उदास है 'तुर्किया',
दिल–ए–उदासी में, तेरी याद आती है।

तेरे हुस्न पर और क्या लिखें हम,
हम तो तेरी नज़रों के सिमट कर रहेगें।

27

तुझे करीब लाने के लिए क्या–क्या जतन करवा रहे हैं हम,
ख़ुद ही अपनी मौत की अफ़वाह फैला रहे हैं हम।

तुझे इक इंसां का चेहरा पसंद ना था,
लो फिर अपना नक्श–ए–रुप बदलवा रहे हैं हम।

अब ऐसा क्या करें की मेरा नाम तेरी ज़बां पर रहे,
जिस शख़्स का ज़िक्र तू करती है, उसी का नाम रखवा रहे हैं हम।

अपनी मोहब्बत को और कैसे जताएं तुझे,
जो तुझे पसंद नहीं अपने यारों से भी छुड़वा रहे हैं हम।

हम तो चाहते हैं कि तुझे बेहतर इंसां मिले,
इसलिए ख़ुद को बदनाम करवा रहे हैं हम।

अब इससे ज़्यादा तेरे लिए क्या करुं 'तुर्किया',
तेरे अलावा उसे सभी शायरों से नफ़रत करवा रहे हैं हम।

मैं कितना कमबख़्त आशिक हूँ,
तेरे चाहने पर, हम तुझे ही भूल गए।

28

अब क्या दिल–ए–हाल सुनाऊँ यारों,
वो करीब है, तो ख़ामोशी
वो दूर है तो, बेचैनी
उसकी बातों में सुकूं हैं,
उसकी यादों में है, तो बस बेचैनी।

अब क्या दिल–ए–हाल सुनाऊँ यारों,
अब कोई सूरत पसंद नहीं आती
अब कोई रंग समझ नहीं आते
अब लोगों की बातों में हैं ख़ामोशी
मुझे हर जगह रहती हैं, तो बस बेचैनी।

अब क्या दिल–ए–हाल सुनाऊँ यारों,
बातें अब होती नहीं, मुलाकातें भी होती नहीं,
इज़हार–ए–मोहब्बत भी कैसे करे?
मुझे हर जगह रहती हैं, तो बस बेचैनी।

अब क्या दिल–ए–हाल सुनाऊँ यारों,
उसे मोहब्बत के रिश्ते पसंद ही नहीं
मुझे मोहब्बत के सिवा कुछ आता ही नहीं
अब क्या करे ये मेरी है बेबसी
अब क्या करे ये मेरी है तो बेचैनी।

मोहब्बत भी कितना अजीब सौदा हैं, ना 'तुर्किया',
इसमें क्या नफ़ा, क्या नुकसान, समझ ही नहीं आता।

29

तुम भी उदास हो क्या?
मेरी तमन्नाएँ आस हो क्या?

तुम उसके सारे राज़ जानते हो
उसके बेहद खास हो क्या?

तुम उसकी बातों पे जी हजूरी करते हो
उसके कोई दास हो क्या?

मेरा दिल ज़ोरों से धड़क रहा है
तुम मेरे आस–पास हो क्या?

तुम्हारी बातों में कितना सुकून है
गुरुद्वारे की अरदास हो क्या?

तुम्हारे साथ बिताएँ लम्हों में मैं जी रहा हूँ
मेरी ज़िन्दगी का खुबसूरत अहसास हो क्या?

मैं तो इतना अजीब शख़्स हो,
ख़ुद ही अपना दिल गुमा कर,
बे–दिल होने का शौक बनाता हूँ।

30

हुई दिल से दिल की जुदाई, तो आँख भर आई,
दिल में एक ख़ामोशी सी छाई, तो आँख भर आई।

हम तो उसकी गली में इश्क़ फ़रमाने गए थे,
उसने की बेवज़ह लड़ाई, तो आँख भर आई।

अब तो हम तेरी नज़रों के भी ना रहे,
उसे नज़र मिलाई, तो आँख भर आई।

हम तो सिर फोड़ते रहे रोत–रोते,
वो हिज्र–ए–रात[1] भी सज–धज कर आई, तो आँख भर आई।

तूने छोड़ा तो हम ज़ोरों से हँसने लगे,
किसी ने शराब पिलाई, तो आँख भर आई।

एक अरसे बाद एक शाम तूने,
अपने दिल की बात सुनाई, तो आँख भर आई।

अब क्या दिल–ए–हाल सुनाऊँ 'तुर्किया',
हुई दिल से दिल की जुदाई, तो आँख भर आई।

1. जुदाई की रात

अब तो मुलाकातें इत्तफ़ाकन ही हो गई है,
शायद, दोनों ही थक गए हैं।

31

अब तुझसे क्या बात करूं?
अब ख़ुद से क्या बात करूं?

सारा ज़माना तो उसी को जानता हैं,
अब उन लोगों से क्या बात करूं?

एक अरसे बाद मिले है तुझसे
तुझसे मुस्कुरा कर क्या बात करूं?

माना हम शायर हैं, हमसे बातों की उम्मीद हैं सभी को,
मगर, इक बात बताऊँ, किसी के मातम में, क्या बात करूं?

तक़ल्लफ़ में तो सभी हाथ मिलाते हैं मुझसे,
'तुर्किया' अब इनसे, प्यार से क्या बात करूं?

तुम इतनी हसीन हो, कि तुम्हें इसका इल्म भी नहीं,
कि, तुम पर लिखते–लिखते, लोग शायर बन गए।

32

मेरी ज़िन्दगी में खुबसूरत लम्हें देने के लिए तुम्हारा शुक्रिया हो,
मेरी ग़ज़लों को ग़म देने के लिए तुम्हारा शुक्रिया हो।

तुम्हें मालूम नहीं तुम मेरे लिए कितनी एहम हो,
जैसे तपते सहारा[1] में कोई दरिया हो।

अब हम दोस्त नहीं रहे शायद,
तुम्हारे हिसाब से इस रब्त[2] में दूरिया हो।

मैं तो यूहीं बेज़बां सा मर जाता,
तुम मेरी दिल–ए–दास्तां का ज़रिया हो।

अब तुम तुम नहीं रहे यार,
अब तुम 'तुर्किया' हो।

1. रेगिस्तान, 2. रिश्ता

मैंनें ख़ुद को तुझसे इतना दूर कर लिया,
की मेरे ख़ाब भी, तेरे ख़ाबों में ना आये।

33

मैंने कुछ शेर अर्ज़ किए
उन्होनें कुछ नज़्में पढ़ी
ये मुशायरा नहीं था
सिर्फ़ बात करने का ज़रिया बनी
उनकी नज़्में खंज़र सी थी
मेरे शेर नेभे[1] से
कही वो घायल हुए
कही हम मुन्तसिर[2] हुए।

1. भाले 2. छिन्न–भिन्न

अब हममें कोई रब्त[1] ना बाकी रहा,
मगर क्यूँ फिर भी, मेरी ग़ज़लें तुझसी दिखती हैं।

1. रिश्ता

34

अब तुम ख़ुद को भी नहीं देखती हो क्या?
अब सच में इतनी मशगूल रहती हो क्या?

तुम अब लोगों से मिलती हो,
लोगों से मिलकर खुश होती हो क्या?

ऐसे ही मेरे गुमान में ख़्याल आया,
कि तुम मेरे बारे में सोचती हो, तो सोचती हो क्या?

रोज़ मैं तुम्हारे ख़ाब देखता हूँ,
तुम भी मेरे ख़ाब देखती हो क्या?

अब मैं ख़ुद की बातें भी नहीं करता
अब भी तुम मेरी बातें करती हो क्या?

किसी से परेशां होकर
अब भी रातों में रोती हो क्या?

खाली दोपहरी में आज भी
सिर्फ़ ओर सिर्फ़ सोती हो क्या?

अब तो मैं ख़ुद को भी पसंद नहीं आता,
तुम अब भी 'तुर्किया' को चाहती हो क्या?

मेरी मौत कुछ ऐसी हो,
जैसे एक लम्बे सफ़र पर चले–चले
पाँव मे मोच आ जाएँ।

36

मेरे पास तेरी यादों का समां रहा ही नहीं,
जो था वो मुझे कभी मिला ही नहीं।

तेरी गली की इमारतों का नक्शा मेरा ही हैं
पर गली में तेरा घर मुझे मिला ही नहीं।

ये पता था की जुम्मे की नमाज अदा कर हो तुम,
मगर, हरम का पता कभी मिला ही नहीं।

हिज्र[1] की नज़्र[2] लेने गया था मैं,
बाजार बंद था, कोई कोड़ा[3] भी मिला ही नहीं।

तू क्यूँ बे–वजह अर्ज़ करता हैं,
तेरी महफ़िल मे तेरी कोई सुनता भी नहीं।

'तुर्किया' हम तो आये थे तेरा शोक बनाने,
तेरी मातम मे कोई रोता मिला ही नहीं।

1. सामान 2. जुदाई, 3. कोड़ी

ऐ यार मैं तुझे दूर से ही पहचान लेता हूँ,
तेरे सारे झूठों को भी मैं सच मान लेता हूँ।

37

तुमने मुझे कभी पसंद किया ही नहीं,
मैंनें भी ये नफ़रत–ए–इज़हार लिया ही नहीं।

जो बचा था हम दोनों के बीच में,
वो हमने कभी पूरा किया ही नहीं।

मेरी किताब में गुलाब तो मिला मुझे,
पर तुमने तो कभी गुलाब दिया ही नहीं।

जो रात सभी की सोने की थी,
उस रात हमनें नींद को पीया ही नहीं।

मेरी आवाज़ से दिक्कत है, किसी को तो लो,
हमनें भी अपने होठों को सिया ही नहीं।

चूम लिया हैं तेरी नज़रों को आज,
शायद हमनें कभी ऐसा किया ही नहीं।

मोहब्बत–ए–इकरार हैं या इनकार हैं बोलो ना,
तुमने जवाब कभी दिया ही नहीं।

तारीफों के शहर में सिर्फ़ मेरा ही नाम नहीं,
क्योंकि 'तुर्किया' तूने कभी कुछ किया ही नहीं।

तुम इतना दूर जा चुकी हो, कि
अब आँखे मूंदने पर सिर्फ़ अंधेरा दिखता हैं।

38

मुझे क्या हुआ है, मुझे होना ही क्या है,
मैं तो आवारा पंछी हूँ, मुझे खोना ही क्या है?

मैं जीत से परे हूँ, मैं हार के भी पीछे खड़ा हूँ,
मैं हारूँ क्या, मुझे हारना ही क्या हैं।

मैं तुझमें हूँ, तू मुझमें है,
तुम हो मुझमें, मुझे अब होना ही क्या हैं?

शहर–ए–शहर उजाड़ रही हैं रात की चादर,
मेरी चादर ही घूम हैं अब सोना ही क्या हैं?

'तुर्किया', जो तेरी मेरी बात नहीं तो लड़ाई क्यूं,
लड़ाई हैं क्या, अब लड़ना ही क्या हैं?

माना की हम तेरे अज़ीज़ ना थे कभी,
मगर यूंही कभी अपने अफ़सानों में ज़िक्र कर देना।

39

ऐसे ही हम तुम्हें याद किया करते हैं,
खाली वक़्त में हम तुम्हें बेहद कोसा करते हैं।

तुम भरी महफ़िल में सिर्फ़ हमीं से बात नहीं करती,
इसीलिए तो हम तुमसे रोसा रहा करते हैं।

महफ़िल में और भी हसीन हैं, मगर सिर्फ़,
हम तुम्हारे ही हुस्न के कसीदे पढ़ा करते हैं।

इतनी मोहब्बत के बाद भी,
हम तुमसे दूर रहा करते हैं।

अब कभी मोहब्बत–ए–इज़हार भी करो 'तुर्किया',
या फिर बे–वहज हिज्र की दुआ किया करते हैं।

क्या अब हम इस लायक भी ना रहे,
कि तेरे नापसंद शख़्सों में ही सही, पर मेरा नाम हो।

40

दिल–ए–मजरूह को मजरूह–तर करने मे बताऊँ क्या है मज़ा,
करीब आकर दूर जाने में मेरी जां बताऊँ क्या है मज़ा।

क्यूं बेपर्दा होती हो, इस आशिकान लिबास से,
आशिक बनाकर पर्दा गिराने में बताऊँ तुम्हें क्या है मज़ा।

कभी मसरूफ रहती हूँ कभी फुरसत में भी,
पर ये इंतज़ार करने में बताऊँ क्या है मज़ा।

अब अशआर नहीं हैं मेरे पास पढ़ने के लिए,
पिछले अशआर जलाने में बताऊँ तुम्हें क्या है मज़ा।

मज़ा ज़िंदगी में बेहद है और कुछ भी नहीं 'तुर्किया',
मेरी नज़र से ज़िंदगी को देखो, बताऊँ तुम्हें क्या–क्या है मज़ा।

सभी मुझसे तेरी खिलाफत में बोल रहे हैं,
इक हम हैं, कि सिर्फ़ तेरी पैरवी की सोच रहे हैं।

41

क्या तुम इजहार–ए–मोहब्बत करते हो, नहीं तो,
क्या तुम उसे बिछड़ना चाहते हो, नहीं तो,
ये जो दिल–ए–तकलीफ–ए–लहू थूक रहे हो
क्या इस तकलीफ में रूहानी मजा हैं, नहीं तो।

क्या उसकी चाहत की तमन्ना हैं, हाँ हैं
क्या ये चाहत उसकी भी हैं नहीं तो,
दिल बेकार में ही बे–हाल हैं
दिल बे–हाल हैं, बे–कार में ही नहीं तो।

क्या उसके दिल–ए–जख्म देखकर आँखों में लहू उतर आया,
हाँ, क्या उसे जख्म किसी और ने दिये हैं नही तो,
क्या उससे मिलने की ख़्वाहिश है, हाँ है
क्या उससे गुफ्तूगू कर पाऊँगे नहीं तो।

सुना हैं, जुदाई में खुशनसीबों की मौत नसीब हो जाती हैं
तू तो यहाँ भी बदनसीब निकला यार, वाही तो,
क्या दिल–ए–गम तोहरे जिंदगी बन गया हैं, हाँ
क्या इसका किसी से गिला हैं नहीं तो।

भारी महफिल में उसे भूलाने का वायदा करते हो
क्या 'तुर्किया' उसे भूलने की कोशिश की हैं नहीं तो।

आज मेरे शहर में शोर उठा
कि मेरे शहर में कोई शोर ना था
मैं ख़ामोश, बेचैन, ग़म मे बिलखता रहा
मेरा भ्रम था, मेरे जैसा कोई ओर ना था।

42

तुम इतनी तेज़ी से करीब क्यूँ आ रही हो,
दूर जाने के लिए कोई बहाना क्यूँ बना रही हो?

चली गई हो तो अब जाओ न,
मेरे ख़ाबों में वापस क्यूँ आ रही हो?

मेरे हिबड़ में बेहद अँधेरा है,
उसमे कोई दीप क्यूँ जला रही हो?

मेरे दिल में अब तन्हाईयों का शोर है,
उसमें अपना कोई राग क्यूँ गा रही हो?

तुमने जो दिए थे ज़ख़्म हमें,
उन पर तुम मरहम क्यूँ लगा रही हो?

तूने तो कहा हमारी यादो को भी भुला दो,
मगर क्या करूं, मेरा यादों का कारोबार हैं।

43

ये क्या बेमानी–सी जंग लड़ रहा हूँ मैं,
ख़ुदी से रोज़ लड़ता हूँ, ख़ुदी से रोज़ हार रहा हूँ मैं।

चल हुआ हूँ इस जहाँ के खात्मे में,
शहर छोड़ सारे खण्डहर फूँक रहा हूँ मैं।

जो ज़ख्म दिए हैं, तुने मुझे इनाम में,
उन एक–एक को, नासूर बना रहा हूँ मैं।

इस जलते शहर को मैं क्यूँ बचाऊँ,
एक झील हैं उसे सुखा रहा हूँ मैं।

इस बीमार शहर में, राह–दर–राह भटक रहा हूँ मैं,
चारासाज़ छोड़ सब कुछ ढूढ़ रहा हूँ मैं।

कविताएँ

फिर एक मुलाकात

शाम का वक्त था
मेरी खिड़की पर किसी ने दस्तक दी
मैं जब तक किताब का सफ़ा मोड़कर पहुँचता
तो वो मेरी बालकनी में रखी
कुर्सी पर जा बैठी थी,
मैं एक कदम आगे बढ़ाता
तो वो एक कदम पीछे हटती
लगता है वो नाराज़ है, जैसे कहती हो मुझसे
मेरी सौत के साथ तो बहुत वक्त बिताते हो,
तुम्हारी बातें मेरे कानों में टीस–सी चुभती है
जब मैं तुम्हारी बालकनी से
तुम्हारी राह ताक कर जा रहा होता हूँ
तो मुझे वो मिलती है और घमंड़ से मुस्कुराती
जैसे कहती हो वो मेरे साथ वक्त बीताता है
तुम्हारी कोई ज़रुरत नहीं उसकी ज़िंदगी में
मेरी गुज़ारिश है कि बातें नहीं तो
ख़ामोशी से ही वक्त गुज़ार लिया करो मेरे साथ,
फिर एक ख़ामोशी सी छा गई
हम दोनों के बीच
मेरी आँखे हल्की सी नम हो गई
पर वो ना रोई
फिर उसने कहा 'चलती हूँ मैं'
फिर अपना पीला दुपट्टा ओढ़ चल दी समंदर किनारे
और मैं तब तक उसे संमदर किनारे जाता देखता रहा
जब तक रात ने मेरा हाथ ना थामा और कहा
'वो चली गई है।'

चेतना

तेरा हसीन चेहरा मुझे अपने कैनवास पर
इक सनराइज सी बनी तस्वीर सा दिखता है,
वो काला आसमान तेरे काले बालों से आया,
मुझे लगा वो सूरज तेरे बालों की पीली क्लिप है,
जो मुझे इन काले बादल में से छिपकर देख रहा हैं,
ये समंदर का शांत गहरा पानी तेरी आँखे,
जो हमेशा शांत रहती है पर उतनी ही गहरी है,
जिसमें सिर्फ–ओ–सिर्फ डूब जाने का मन करता है,
फिर जो तुम ये नारियल का पेड़ देख रही हो ना
ये नाक है तुम्हारी, जिस पर मैं अक्सर
ख्बाबों में गिरा–फिसला सा करता हूँ,
और ठीक उसके नीचे ये रेत, तुम्हारे होठों से आए है,
जिन पर ढेरों निशां, ढेरों सिलवटे पड़ी है,
और ना जाने कितने राज़ छिपे है इनमें,
और मैं इस तस्वीर में गुमसुम उस इंसान की तरह हूँ,
जो रेत पर इस कैनवास के किनारे बैठा है,
जिसकी कोई ज़रुरत नहीं थी
पर वो है यूहीं बेवजह, पर अच्छा
मैं तुम्हारी ठोड़ी पर काले तिल से आया है
तुम–तुम नहीं सिर्फ कैनवास हो,
तुम मेरी चेतना हो,
कभी–कभी सोचता हूँ कि
तुम मुझसे हो,
या मैं तुमसे।

हर पल

मेरी पलकें नम नहीं होती,
पर दिल में ग़म ज़रूर है,
मेरी आवाज़ चीखती नहीं,
पर रूह में चोट ज़रूर है,

सब कहते है गिर–गिर कर ही,
चलना सीखता है इंसान
पर गिर के
उठने में दर्द ज़रूर है,

ग़म, तकलीफ, चोट, दर्द को
अपने साथ ले ले,
कोई तेरे साथ हो या ना हो
पर हर पल में ये तो ज़रूर हैं।

मेरे हमदर्द

मेरे दोस्त, मेरे हमदर्द,
शाम–ए–रात की तन्हाई में,
मैं तुझे रोज़ पुकारता हूँ,
जब खाली कमरे में
मेरी ही आवाज़ मेरे कानों में पड़ती है,
तो पता चलता है कि,
कितना तन्हा हूँ मैं आज,
आज–कल तन्हाई के डर से,
मैं भीड़ में चलने लगा हूँ,
दौड़ने सा लगा हूँ,
रंग–बिरंगी सी बत्तियों के नीचे, नाचने लगा हूँ,

सिर्फ मेरे नाम से ही,
मेरे टेबल पर मेरा पैक आ जाता हैं,
पर ये भीड़ सिर्फ Facebook, Whatsapp,
तक ही रहती है
घर की दहलीज़ में आते ही,
मेरे कानों में, दिमाग पर कब्ज़ा कर लेता है,
एक ही नाम, सुनाई देता, ज़हन में आता है,
जोकि तेरी ही हैं,
इससे निजात पाने के लिए,
मैं चीखता–चिलाता था,
लोग मुझे पागल कहने लगे थे
पर
अब मैं चुप हूँ एकदम

ना ही किसी से बोलता हूँ
ना ही दिल से मिलता हूँ
बस....
शाम–ए–रात की तन्हाई में,
मेरे हमदर्द,
मेरे दोस्त,
मैं तुझे आज भी रोज़ पुकारता हूँ।

इश्क़ का शहर

अक्सर काम के सिलसिले में
तेरे शहर आना होता हैं,
बच बचाकर,
छिप छिपाकर,
सवालों के जवाब बनाकर,
तेरी गली में आना होता हैं,
अक्सर काम के सिलसिले में,
तेरे शहर आना होता हैं,
तेरी गली में वो नीम का पेड़ आज भी है,
जिसने हमें जवां होते देखा,
हमारी इश्क के परवान को चढ़ते देखा,
थोड़ा बूढ़ा हैं, पर खड़ा हैं,
अपनी कमर मोड़कर,
शायद कूबड़ निकल आया हैं उसके,
और वो चाय की दुकान भी हैं,
तेरी बालकनी के सामने वाली,
अब जब भी आता हूँ
दिन को शाम करके जाता हूँ,
उसी जगह जहाँ तेरा इन्तज़ार किया करता था,
स्कूल के वक्त,
वहां पर आज तक इसी उम्मीद से आता हूँ,
कि कभी ये जरजर सा दरवाज़ा खुलेगा,
और
तेरा कोई पता मिलेगा,
अक्सर काम के सिलसिले में
तेरे शहर आना होता हैं।

आज बात होगी

आज बात होगी,
की क्या–क्या
जुल्म–ए–ढाऐ की सर ताज–ए–शाही ने,
कि क्या–क्या जुल्म सह नगर नगर की माई ने,

आज बात होगी,
हमारे नेभो पर सर–ताज–ए–गद्दी होगी
हमारी धारो घर मखमाली–शहनशाह–ए–गर्दन होगी,
आज हिसाब–ए–तराजों तवाजूम होगा, आज बात होगी
आज जालिम इक ओर होगें,
आज फौलादो–आहन की फौजी इक ओर होगें
आज अमन–ए–फैजे–जज्बा इक ओर होगा
आज जौरे–पैहम के विरोध में अवाम की चीखे इक ओर होगी,

आज बात होगी
आज शहनशाह की छोटी नाक होगी,
आज बादशाह और मस्जिद–ए–गली के फकीर की बात होगी,
आज बात होगी,
होगी बात आज।

काश

काश वो दिन ना आता,
काश, वो शाम रुक जाती,
काश, तू ठहर जाती,
काश, मैं वक्त पर पहुँच जाता,
काश, ट्रैन लेट हो जाती
काश, मेरी कार पंचर ना हो जाती,

काश ये सारे काश पूरे हो जाते,
आज, तू मेरे साथ होती,
गर, वो दिन ना आता,
वो शाम रुक जाती।

अच्छा होता है ना

हताश होकर अकेला थककर बैठ जाता,
कितना अच्छा होता है ना,
अपनी सारी परेशानियाँ की वजह
किसी और को बताना,
कितना अच्छा होता है ना,
मंजिल दूर हो, और रहा बेहद मुश्किल
तो अराम से किसी नदी किनारे बसती बसाना,
कितना अच्छा होता है ना,
सुबह जल्दी जाग कर
अपने अलार्म, के बजने का इन्तज़ार करना,
कितना अच्छा होता है ना,

कितना अच्छा होता है ना, कि बस यूहीं
अपनी कब्र में चुपचाप सो जाना,
सच में कितना अच्छा होता ना।

दैरो–हरम

कोई बोला
मन्दिर हैं,
कोई बोला
मस्जिद हैं,
सब अड़ गए
लड़ गए,
मर गए,
कट गए,
लहू लुहान हो गए,

पर जब बँटवारा हुआ,
मुकफ्फल दैरो–हरम का,
तो जिन–जिन ने लहू बहाया था,
अन्दर पाओ धरते ही सब सड़ गए।

1992

अपने पुराने जलते हुए कूचे से
बाहर निकलते वक्त मुड़कर देखता हूँ
तो गली में कुछ बच्चे खेल रहे हैं,
एक बच्चा कंचे चुराकर भागता दिखता हैं,
नीम के पेड़ पर लटकी पतंग की डोर के नीचे,
उछलता लड़का दिखता हैं,
माँ के साथ सब्जी, राशन से लदा हुआ,
एक नौजवान दिखता हैं,
डिग्री हाथ में लिए ढोल–तासों के साथ,
एक ग्रेजुएट नाचता दिखता हैं,
और
एक हाथ में तलवार,
एक हाथ में घासलेट,
ज़बां पर धर्म के नारे लिए,
आँखों में किसी को,
काटने या जलाने की ललक लिए,
एक जानवर दिखता हैं,
अपने ही कूचे को खाक कर दिया मैंने,
अपने ही लोगों को राख कर दिया मैंने,
अब मुझे कुछ नहीं दिखता,
आँखों पर कालिख जम गई हैं,
कपड़ों पर लहू सूख गया हैं,
चप्पल में भी अब चप–चप नहीं होती,
गलियाँ खून से सनी हुई हैं,
कुत्ते भेड़ियो में तब्दील होकर,

लाशों का लुफ्त उठा रहे हैं,
आसमान काला हो गया हैं,
पर बरस नहीं रहा,
सिर्फ ऊपर से घूर रहा हैं,

अपने पुराने जले हुए कूचे से बाहर निकलता हूँ,
तो अब मुझे कुछ नहीं दिखता,
जलते हुए शहर के अलावा,
अब मुझे कुछ नहीं दिखता हैं।

ख्वाबों की दुनिया

ख्वाबों की दुनिया कितनी हसीन हैं,
कितनी खुबसूरत,
कितनी दिलनशीं हैं,
ख्वाबों की ज़मीन का राजा भी मैं हूँ,
रंक भी मैं हूँ,
ख़ुदा भी मैं हूँ,
शैतान भी मैं ही हूँ,
ख्वाबों के जहां की सबसे अच्छी बात
यहाँ लोगो को ले जाने के लिए मुझे
उनकी भी इजाज़त ज़रूरत नहीं,
तो ख्वाबों के देश मे,
मैं कुछ दोस्तों को ले चलता हूँ,
तो कुछ दुश्मनों को,
गर दोस्ती सी ऊब जाऊँ,
तो कोई तो होना चाहिए,
लड़ाई के लिए,
और गर,
लड़ाई में हार रहे हो,
तो कोई तो होना चाहिए,
बचाने के लिए भी,
इसके बाद मैं
ख्वाबो का जहां बनाता हूँ,
रोज़ की तरहा,
एक अपना घर और करीब में दोस्तों के
दूर कही, बंजर में सारे दुश्मनों के घर बनाता हूँ,

लड़ाई का कोई ठोस मुद्दा भी तो होना हैं,
लड़ाई में भी ख़ुद को जिता देता हूँ,
तो हरा भी देता हूँ,
पर जीत का जश्न हो,
या हार का ग़म,
मैं दोनों ही सूरत में,
ख्वाबों के जहां को छोड़ निकल पड़ता हूं
पेट भरने के लिए,
रोटी कमाने के लिए।

एक रोज़ हमारी फिर से मुलाकात होगी

एक रोज़ हमारी फिर से मुलाकात होगी
तुम कुछ बूढ़ी होगी
सफेद बाल, नज़रों का चश्मा,
और दातों में तार होगी,

एक रोज़ हमारी फिर से मुलाकात होगी,
मैं भी कुछ दुरूस्त नहीं होगा,
कमर झुकी होगी,
शरीर अकड़ा होगी,
और हाथों में काँपती छड़ी होगी,

एक रोज हमारी फिर से मुलाकात होगी,
तुम्हें शोपिंग करना पसंद हैं
तो तुम अपने नाती—पोतो के साथ,
शोपिंग करने आई होगी,
मैं भी यूंही बाज़ार से सामान खरीदने आया हुंगा,
हम यूंही टकरा जाएगें एक—दूसरे से,
मैं जान—बूझकर अपना सामना तुम्हारें थैले में,
तुम्हारा सामान अपने झोले में डाल लूंगा,
उस समान की अदला—बदली के लिए,
एक रोज़ हमारी फिर से मुलाकात होगी,
उस रोज़ फिज़ाओं मे ख़ामोशी होगी,
जुबानों पर सन्नाटा होगा,
तबस्सुम पर मुस्कान होगी,
आँखों में चमक होगी,

मेरे दिल की बेकरारी में,
जब तुम्हारा दिल भी राजी होगा,
उस रोज हमारी फिर से मुलाकात होगी।

मुखौटे

अब मैं भी इस जहां में जीने के लायक हो गया हूँ,
अब मैं भी गिरते आँसूओं के ऊपर
मुस्कान का मुखौटा,
लगाने के लायक हो गया हूँ,
तुम्ही कहती थी ना,
इस जहां में जीना हैं,
तो नौकरी करूं,
ये शायरी से पेट नहीं भरता,
अब किताबें बेच मैं मुखौटा खरीदने के लायक हो गया हूँ,
वैसे मुखौटे की कीमत थोड़ी ज़्याद नहीं हैं,
कोई खुशियाँ नहीं,
कोई ग़म नहीं,
कोई एहसास नहीं,
बस....
एक बाटे का
एक मुखौटा,
जिसमें सिर्फ एक झूठी मुस्कुरुहाट रहती हैं,
पर कोई नहीं
मैं इस जहां में जीने के लायक तो बन गया हूँ,
मैं तुम्हारे लायक हो गया हूँ।

तेज़ चला लो

कुछ वक्त मेरी बाहों में बिता लो,
ये उखड़ती साँसो को तुम संभालो,
अस्पताल अब ज़्याद दूर नहीं हैं,
भईया, थोड़ी तेज चला लो।

तुम्हारा बदन तप रहा हैं,
तुम्हारी साँसे ठंड़ी पड़ रही हैं,
अपने आपको तुम संभालो,
अस्पताल अब ज़्यादा दूर नहीं हैं,
भईया, थोड़ी तेज़ चला लो।

आँखे मत मूंदों,
मुझसे बातें कर लो,
तुम्हारे जितने भी गिले हैं,
आज उन सबको सुलझा लो,
अस्पताल अब ज़्याद दूर नहीं हैं,
भईया थोड़ा तेज़ चला लो।

देखो शाम हो रही हैं
सूरज ढ़ल रहा हैं,
तुम्हें यूँही मौसम तो पसंद हैं
बाहर झाँको और ख़ुद को बहला लो,
अस्पताल अब ज़्याद दूर नहीं हैं
भईया, थोड़ा तेज़ चला लो।

अस्पताल आ गए हैं,
अब सब ठीक हो जाएगा,
कुछ देर की बात हैं,
सब पहले जैसा हो जाएगा,
डॉक्टर, डॉक्टर, देखिए न क्या हो गया हैं,
ना हिल रही हैं, ना डुल रही हैं,
पहले तो चुप नहीं होती थी,
अब तो जुबान भी थम गई हैं,
रुकिऐ देखता हूँ,
माफ़ करना, ये पूरी हो गई हैं

आँखे भर आई हैं,
साँसे फूल रही हैं,
हाँथ—पाँव थम गये हैं,
कोई तो मुझे संभालो
चलो भईया,
घर की ओर चलाओ।

ऊब गया हूँ

मैं ऊब गया हूँ,
इन मोहब्बत की बातों से,
मैं ऊब गया हूँ,
इन काली अन्तहीन गहरी रातों से,

ऊब जाना मेरा लाज़मी भी था,
ये बातें,
किस्से कहानी,
अफ़साने–परवानों में ही
अच्छी लगती हैं,

जब भूख भरा पेट,
आवाज़ देता हैं,
तो अपनी प्रिय की यादों में रहना
कल्पना सा लगता हैं,
जब लू या शीत की हवाएँ,
नंगे बदन को छूकर जाती हैं,
तो महबूब के आलंगन में बैठने की
कल्पना भी अजीब ही लगती हैं,

और मुझे तो लगता है, कि
इश्क, मोहब्बत, प्यार,
ये सभी भरे पेट, ढ़के तन
और रहीसी की ही निशानी हैं,

ना ही मेरा भरा पेट हैं,
ना ही तन ढ़का हैं,
और ना ही मुझे रहीसी की आदत,
मैं ऊब गया हूँ,
इन मोहब्बतों की बातों से,
मैं ऊब गया हूँ,
इन काली अंतहीन गहरी रातों से,
मैं ऊब गया हूँ।

मुझे याद नहीं

मुझे याद नहीं
मुझे अब सच में,
याद नहीं,
मैं तेरी आँखों को,
कब तक पढ़ता रहा,
और
कब उन्हीं में सो गया,
मुझे ये याद नहीं,

मुझे ये याद नहीं,
कि कब मैंने तुझे
पाँव में पाया,
और
कब तेरा माथा चूम लिया,
मुझे ये याद नहीं,

मुझे ये याद नहीं,
कि
मैं तुझे किस दोस्त को
दे भूल आया,
या
तुझे रद्दी में बेच खाया,
मुझे सच में,
ये याद नहीं,
तो कहा हो आज,
मुझे याद नहीं।

मेरा सफर

हूँ मैं लड़की चार साल की
मैंने क्या किसी का कुछ बिगाड़ा हैं
क्यूं मुझे इस विवाह के बंधन से जोड़कर
मेरा भविष्य उजाड़ा है
मेरी उम्र थी खेल–कूद की और पढाई की
पर उस समय हाथों में पहुंची झाड़ू–पोंछा और कड़ाही भी
पढ़–लिख कर बनती देश की शान मैं
कोई बोलता "नायडू"
कोई बोलता "टैरेसा"
पर अब न रही
मेरी कोई पहचान भी
अब तो हमें अपनी सोच बदलनी होगी
लडकियां बोझ नहीं
एक नई सोच समझनी होगी
कब तक हम इन्हें, यूंही
दबाते रहेंगे
कभी कमज़ोर तो कभी दुर्बल बनाते रहेंगे,
तो कभी गर्भ मृत्यु
तो कभी बाल विवाह,
तो कभी उत्पीड़न
तो कभी चार दिवारी के हथकंडो से
इनकी ज़िंदगी नर्क बनाते रहेंगे
कब हम छोटी सोच को छोड़ेगे
जब महिला इस समाज को छोड़ चली गई
तो हम पुरुष अपनों कुकर्मो पर रोयेंगे
अपने कुकर्म पर रोयेंगे।

किसान

मेरा जीवन बोने का नहीं
खोने का है,
सुबह सुबह जाकर बैलो की जगह ख़ुद,
जमीन को उभरता हूं
फिर कमियों को निहारता हूं
फिर उन्हें सुधारता हूं
पर फिर भी मेरा जीवन बोने का नहीं
खोने का हैं
कई मिलो चल कर ऋण के बीज
खरीदता हूँ
उनको पानी से नहीं
अपने खून से उन्हें सींचता हूँ
फिर यह तपस्या रंग लाती हैं
बीज की जगह फसल का वर दे जाती हैं
अपनी लहराती फसल को देख
मैं इतराता हूँ
मुंशी को देख सब भूल जाता हूँ
मुंशी फसल का सौदा कर
अपना कर ले जाता हैं,
फ़ायदा तो छोड़ो जनाब
नुकसान का मुँह देखना पड़ जाता हैं
ऋण चुकाने के लिए सब कुछ बेचना पड़ता हैं
कुछ ना बचे तो जीवन के अंत के लिए
आत्महत्या का सहारा लेना पड़ता हैं
इसलिए कहा था
मेरा जीवन बोने का नहीं खोने का हैं।

बलात्कार

बलात्कार मेरा नहीं मेरे जिस्म का हुआ
फिर भी सभी ने मुझे ही कहा
पर इसमें मेरा क्या गुनाह
मैंने तो उसे नहीं बुलाया था
फिर भी
उसने ही मेरा जिस्म नोंच खाया था
मैं मदद के लिए चीखती रही
वहाँ कोई नहीं आया
फिर बाद में
सारे समाज ने मुझे वैश्या बुलाया
समाज ने उसके लिए कुछ और
मेरे लिए कुछ और नियम बनाए हैं
जीवन वह मज़े से जीए और
मैंने जीवन भर के लिए सजा पाई है
मुझे समाज यूँ ही देखेगा
नहीं बदल पाएगा अपनी सोच कभी
क्या फ़ायदा विकसित होकर
जब इस समाज की महिलाएं रहें दबी–दबी
बस आखिरी सवाल करती हूँ इस समाज से
जो करे वह मज़े से जीये
और
जिसके साथ होए वह घुट–घुटकर
अपमान का आंसू पीऐ
आखिरी बार कहती हूँ
बलात्कार मेरा नहीं मेरे जिस्म का हुआ है

कमज़ोर, कायर नहीं हूँ मैं
दुनिया के डर से न कैद करुँगी
चार दीवारी में ख़ुदको
उठूँगी, लड़ूँगी अपने सम्मान के लिए
एक नए जहां के लिए
एक नई पहचान के लिए।

बचपन में खोता बचपन

मेरा बचपन मेरे बचपन में ही खो गया
ज़िंदगी का सारा मज़ा
ट्रैफिक सिग्नल की रेड लाइट का ही होगा
हमारा घर बेहद बड़ा था
एक मोमजामा और दो बरतन से सजा था
एक में पकाते और एक में खाते
रोज़ रात माँ–बाबा आधे पेट सो जाते
हमारे लिए तो सुबह रोटी की तलाश होती थी
कभी–कभी सोचती हूँ कि ये सुबह ही क्यूँ होती थी
सुबह–सुबह माँ–बाबा काम की तलाश में निकलते थे
मेरे हाथ में नन्हें भाई को छोड़ चलते थे
फिर छोड़ चले मुझे उस सर्द रात में
शायद मुझे संभाल न सकते थे
शायद मेरा बोझ उठा न सकते थे
अब मैं ख़ुद को संभाल रही हूँ
अब मैं भीख माँग रही हूँ
तो कोई पैसे देता है, तो कोई खाना
तो कोई हटकार देता है, तो कोई फटकार
इसी तरह रात हो जाती है
माँ–बाबा की तरह मैं भी आधे पेट ही सो जाती हूँ
गर्मी, बरसात तो बीत जाती हैं
ठण्ड ही बेहद क्रूरता फैलाती है
क्योंकि जहाँ खाने को न हो वहाँ पहनने को ऊन कहाँ
खुला आस्मां, खाली पेट, ठण्डी हवाएँ
ये सब कुछ जाड़ा ओर बढ़ाये

साल में एक बार ही मेरा पेट भर पाता है
जब फरवरी में लव का त्यौहार आता है
उस दिन सब बिक जाता है
वो दिन मेरे लिए एक अच्छी रात लाता है
मेरी ज़िंदगी यूँ ही बीत गई
मेरा बचपन कहाँ चला गया
मेरा बचपन मेरे बचपन में ही खो गया।

मौत

मौत एक रहस्य है
जो मुझे अपनाएगी ज़रूर
चाहे मैं इससे लड़ूँ या डरूं
पर यह अपना वादा निभाने
आएगी ज़रूर
जब रात अधूरी होगी
सवेरा दूर होगा
चाँद अपने फलक पर
थोड़ा लाल, थोड़ा पीला चमकता होगा
वो आएगी ज़रूर
अपना वादा निभाने
जब वो आएगी
मुझे शरीर की तड़पन से आज़ाद कराने
जब वो आएगी
मुझे इस जहां से उस जहां ले जाने
उसके आने पर सन्नाटा होगा
पर उसके जाने पर शोर का आलम सजा होगा
वो आएगी ज़रूर
अपना वादा निभाने
वो आएगी ज़रूर।

कश्मीर

कश्मीर स्वर्ग है या नर्क
ये मुझे समझ न आया
यहाँ पर मीठी बोली है
पर बन्दूक की गोली भी
यहाँ सुन्दर वादियाँ
गहरी घाटियाँ
हसीन पहाड़ हैं
पर फिर भी सब बेकार हैं
यहाँ पुलिस है, फौज है, प्रशासन है
पर आतंक का ही शासन है
यहाँ जनता है सरकार है संविधान है
पर सब बेहाल है
यहाँ पर सब होगा
आवाम होगी
चुनाव होंगे
यहाँ बर्फ होगी
यहाँ आग होगी
यहाँ पर झंडे होंगे
कुछ काले होंगे
कुछ तिरंगे होंगे
यहाँ सब होगा पर कुछ नहीं होगा
कभी–कभी मुझे समझ नहीं आता
कश्मीर स्वर्ग कब था और नर्क कब।

वो रात

रात का समा था,
हल्का–सा अंधेरा था,
हल्की–सी, पीली–सी,
लैम्प–पोस्ट की गदली–सी,
रौशनी थी,
और खाली सुनसान सड़क,
सड़क पर हर कुछ दूरी पर लैम्प–पोस्ट थे,
तो कहीं पर अंधेरा था,
तो कहीं उजाला,
तो कहीं मैं तुम्हारा हाथ थाम लेता,
तो कहीं तुम मेरा हाथ झटक देती,
मैं हाथ थाम लेता क्योंकि तुम्हें
अंधेरे से डर लगता था,
तुम हाथ झटकती क्योंकि तुम्हें
लोगों की आँखों से डर लगता था,
तो ये सफ़र अब शतरंज के बक्सो की तरहा था,
कही सफेद, कही काला,
कही उजाला, कही अंधेरा,
जैसे शतरंज की बाजी में,
तुम सफेद की रानी होगी,
और मैं काली का वज़ीर होगा,
लैम्प–पोस्ट को पार करके,
मैंनें तुम्हारा हाथ फिर से थाम लिया,
और तुम्हें चूम लिया,
तुम्हें शह और मात एक साथ दे दी,

तुम मुझे झटककर अपने खाने में
जाकर खड़ी हो गई,

ये शतरंज का सफ़र,
यूं ही चलता रहा,
जब तलक तुम्हारा घर
नहीं आ गया,

रात का समा था,
हल्का–सा अंधेरा था,
हल्की–सी पीली सी,
लैम्प–पोस्ट की गदली सी रोशनी थी,
तुम थी, मैं था,
खाली सुनसान सड़क।

कोयले की दलाली में

कोयले की दलाली में
सबके हाथ काले हैं,
वे बाहर खड़े पहरेदार बोले,
ये चोर तुम्हारे हैं,
ये चोर तुम्हारे हैं,
अब चोर कौन नहीं हैं,
इस जहां में,
जो चुप रहकर सब सहकर,
अपना काम करे,
वही तो असली चोर हैं,
वो नहीं,
जो स्टेज पर चढ़कर
चीख–चीख कर
अपना नाम करे,
मित्रों...
कोयले की दलाली में,
सबके हाथ काले हैं।

ये गली–गली की बात थी

मैं तेरी गली में आया था,
तू मेरी गली में आई थी,
ये गली–गली की बात थी,
जो पूरे शहर में आज छाई थी,

तेरी गली का शोर देख,
मेरी गली घबरा गई,
ये गली–गली की बात थी,
जो पूरे शहर में आज छाई थी,

मेरी गली का प्रधान मिला,
तेरी गली के प्रधान से,
जो बात हुई उन दोनों की,
वो पूरे शहर में आज छाई थी,

मेरी गली में अब मैं नहीं,
तेरी गली में अब तू नहीं,
वो गली आज भी वही,
जो पूरे शहर में छाई थी।

हम दोनों के बीच

हम दोनों के बीच
ये पल, ये लम्हा,
ये समा यूं हीं ठहर जाए,
बस, हम दोनों के बीच,
ये रात, ये नमकीन, नमीदार हवाएँ,
ये ठंडी लहरें, ये शांत बीच,
ये सब यूंही चले,
पर वक्त ठहर जाये हम दोनों के बीच,

उसकी बातें कभी खत्म न हो,
मेरी सुने की नीयत में खोट न हो,
और ये बातें हमेशा चलती रहे
हम दोनों के बीच,
पर इनमें से कुछ भी ना ठहरा,
सभी बराबर चलते रहे,
रात सुबह में बदली,
नमकीन नमीदार हवाएँ धूल में,
शांत बीच, शोर में,
फिर हम भी बदल गए,
हाथों की उंगलियों का जाल टूटा,
के कहीं रेत में गुम हो गया,
फिर मैं भी चल दिया,
वो भी चल दी,
उस सुबह के बाद,
बहुत कुछ बदल गया, हम दोनों के बीच।

शहर की रात

शहर की रात, रात नहीं होती,
इसमें रात होकर भी
कोई रात सी बात नहीं होती,
सड़क के किनारे बत्तियाँ जलती रहती हैं,
होटल की लड़िया जग–मगाती रहती हैं,
दफ्तर दौड़ते रहते हैं,
शहर की रात, रात नहीं होती,

कारखाने चीखते रहते हैं,
लोग अपनी चमड़ी सेंकते रहते हैं,
रही बात संनाटे की तो,
कुत्ते भौंकते रहते हैं,
शहर की रात, रात नहीं होती,

मैं भी अब इस रात का शिकार हूँ,
रोज़ शिकार करता हूँ, ख़ुद का ही,
ख़ुद ही को मार खाता हूँ,
ख़ुद ही को लोरी गा, ख़ुद ही सो जाता हूँ,
मगर नींद कहाँ आती हैं,
कारखाने की चींखे
मेरी सिकी हुई चमड़ी,
और कुत्तों की भौ–भौ,
ये सब नींद को आने ही नहीं देते,
शहर की रात, रात नहीं होती,
इसमें रात होकर भी, कोई रात सी बात नहीं होती।

इमारत

वीराना भी कभी,
आशियाना हुआ करता था,
मेरा भी कभी
अपना जमाना हुआ करता था,
जब लोग मुझे देखते थे,
तो ठहर जाते थे,
मेरी किस्से–कहानियाँ बनाते थे,
अब तो सिर्फ,
बच्चों को डराने के लिए सुनाई आता हूँ,
कभी वीराने का भी,
आशियाना हुआ करता था,

अभी आईने की ज़रूरत नहीं पड़ी,
लोगों की आँखों ही बताती थी,
अब जब ख़ुद को देखा तो,
जर्जर सी सूरत सामने आती हैं,
अब न कोई अपना रहा
ना ही कोई बेगाना रहा,
अब न कोई हमारा रहा,
ना ही हमारा जमाना रहा,
अब तो यही इच्छा हैं,
अब कब बनेगा,
ये विराना आशियाना यहाँ।

कहानी

मैं सफे पलटता रहा,
कहानी चलती गई,
मालूम ही ना हुआ,
तुम कहानी से कब
निकलती गई
हम तो चाहते थे,
तुम्हें रोकना,
तुम्हारी खट्टी–मीठी,
बातों में जीना,
तुम्हारी जहर सी,
कड़वी बातों को पीना,
तुम्हारी खुशियों में खुश होना,
तुम्हारी ग़म में रोना,
पर, तुम बहुत जल्दी में थी,
जैसे हाथ में रेत की तरहा,
मैं तुम्हें जितनी ताकत से रोकता,
तुम उतनी ही मुलायम अंदाज़ से,
मेरी हथेली और उंगलियों के
जाल से फिसल गई,

मैं सफे पलटता रहा,
कहानी चलती गई,
मालूम ही ना हुआ,
तुम कहानी से कब
निकलती गई।

कैसा होगा

गर दिन तेरी जुल्फों में बीतें,
और रात तेरी आँखों में,
तो कैसा होगा, कैसा होगा,
हम पूरी रात,
आँखों में आँखे डाल बैठें,
और रात को नाराज़ कर बैठे,
तो कैसा होगा,

अब तेरे और मेरे हाथों की लकीरों में,
उंगलियों के निशां भी होते,
तो कैसा होता,
ठंडी रातों में
कभी तुम मुझे गद्दा बनाकर सो जाऊँ,
कभी मैं तुम्हें कम्बल बनाकर ओढ़ लो,
तो कैसा होता,

हम दोनों एक ही कब्र में,
चुप–चाप रहे ज़िंदगी भर के लिए,
बोलो ना,
कैसा होता।

ये जी चाहता हैं

अब ये जानने को
किसका जी चाहता हैं,
कितना मैं रोया था,
कितना तुम रोई थी,
इसका हिसाब,
अब कौन चाहता हैं,
तुम ठहरी मुस्लिम जात की,
मैं ठहरा पंडित घाट का,
अब इसमें दूरी कौन चाहता हैं,
कौन क्या कहता, कहां जाएँ,
छोड़ ये बातें, बातें हैं,
अफ़सानें हैं,
अब जी चाहता हैं,

छोड़ दो बंधन,
तोड़ दो नातें,
जाऊँ कैलाश दर–दर घाट–घाटे,
दूर पहाड़ों में रहूँ,
सबकी निगाहों से दूर,
अब ये जी चाहता हैं,

इस जी का बस चले तो,
मेरा कैलाश हो मक्का में,
वहीं, मैं बम–बम भोले हो
वही, मैं अल्लाह हूं अल्लाह का सजदा हो,

ये जी चाहता हैं,
मैं क्या चाहता, दुनिया क्या चाहती,
छोड़ ये बातें, बातें हैं,
अफ़सानें हैं,

अब ना सुनूगां किसी की,
मक्का में हो मेरा कैलाश,
तुम आओगी क्या,
ये पूछने को,
अब ये जी चाहता हैं।

अलविदा

अच्छा, मैं विदा लेता हूँ,
मैं विदा लेता हूँ,
उन वादों से जो मैंनें करे थे,
मैं विदा लेता हूँ,
उन कसमों से जो मैंनें कहे थे,
विदा से पहले कुछ कहना चाहता हूँ,
कि
मैं तुम्हारे लिए एक कविता लिखना चाहता था,
जिसमें तुम हो
और
तुम्हारी बातें हो,
जिसमें तुम्हारी खुशियाँ के दिन
मेरी ग़म की रातें हो,
जिसमें
तुम्हारी पूजा हो
मेरी अज़ान हो,
तुम्हारी दीवाली की पूरी और लड्डू हो
तो मेरी ईर्द सैवईयाँ हो,
तुम्हारी नवरातें हो,
तो मेरे रोज़े हो,
तुम्हारे भगवान हो
तो मेरे अल्लाह हो,
और इस कविता में,
तेरे गीले बालों का ज़िक्र होना था,
तेरे होठों की नमी का ज़िक्र होना था,

उनमें पड़ी सिलवटों का ज़िक्र होना था,
तेरे बदन की धीमी, सोंधी सी खुशबू का ज़िक्र होना था,

तेरे पीठ पर लगे चोट के निशान,
तेरे बदन का हर तिल,
और तेरे थककर बस
कहने का ज़िक्र होना था,

पर,
मैंनें ये कविता नहीं लिखी,
शायद,
हम दोनों के धर्म,
इस कविता को तुम्हें पढ़ने
ही ना देते,

शायद,
इस कविता के लिखने के बाद,
ये कविता, फिर लिखी जाती,
हम दोनों के लहू से,
शायद;
शायद,
शायद मैं बहुत बोल चुका मेरी दोस्त,
मैं विदा लेता हूँ,
अलविदा......

www.ingramcontent.com/pod-product-compliance
Lightning Source LLC
LaVergne TN
LVHW100552051026
849519LV00003B/919
* 9 7 8 9 3 8 8 3 6 5 1 1 6 *